JN288969

桐野かおる詩集

1988—2002

桐野かおる

文芸社

桐野かおる詩集　1988–2002／もくじ

Ⅰ　闖入者

Ⅱ　パラドックス

Ⅲ　タブー

Ⅳ　籠城

Ⅴ　夜

Ⅵ 他人の眠り

Ⅶ 思う壺

Ⅰ　闖入者

墓まいり

冬の寒いさなか　叔父の命日ちかく墓まいりに出かけた　竹藪に囲まれ〝先祖代々之墓〟と刻まれた墓石のまえに立つと（叔父はどこへ行ったんだろう？）という　いつもの疑問がまた頭にうかんだけれど　どうにもならなかった　墓石に水をかけ　花を供え線香をたてると手をあわせ　頭を垂れて何気なく見ると　墓石がいつもの位置から少しずれ　そこに細い隙間ができていた
その細い隙間から　先祖代々の骨が収められている骨壺がちらっと見えたので　誘われるままかがみこんで　墓石を少しずつ少しずつ

ずらしていくと　そこにぽっかりと四角の穴があいて　先刻ちらっと見えていた骨壺が　意外な程の小ささでそこに現れた　周りに誰もいないのを幸いに　その骨壺をそっととりだして蓋をあけてみると骨壺の中には溶けて液体になった骨や　溶けかけて脆くなった骨や　これはまだ死んで間もない叔父の骨であろう　しっかりと硬い骨などが一体となって混じりあっていた　なおもよく見ようと顔をぐっと骨壺に近づけたところ　背後に誰か人の気配がしたので慌ててその骨壺を元にもどし立ち上がろうとした瞬間　グラッと体のバランスが崩れ　私は頭からその四角の穴の中に突っ込んでしまった

もがいていると　背後からやってきた人が私の体を上から上から押しこんで　あんなに狭かった四角の穴の中に私は全身すっぽりとはまりこんでしまった　おまけにその人は墓石をていねいに元に戻して――

地上では私を探していると思う　（私が叔父を探していたように）

けれど決して見つかりはしない　先祖代々の墓の中は当然のことながら底冷えのする真っ暗闇である

不安

今日はワカメ採りには丁度よい日和で　松江海岸から江井ヶ島海岸にかけての一帯はワカメ採りの人たちでいっぱいだ　目の前に淡路島を眺めながら家族や親しい人たちと一緒に採るワカメの味は　また格別というより他はない　子供たちはパンツを濡らしながら　ズボンを穿いた者は膝の上までズボンをたくしあげながら　スカートを穿いた者はその裾をからげながら　波間に漂うワカメに手をのばしている

私も海岸に着くなり　膝まで海水につかりながら流れてくるワカメに手をのばしていたところ　何度目か　手をのばし掴んだワカメの感触が少し変だった　よく見ると私がワカメだと思って掴んだもの

は　どうやら人間の髪の毛らしかった　気味悪く　遠くのほうへ放
り投げようとしたけれど　その髪の毛らしきものは異様に長く　ま
た縺れ　なかなか私の手から離れようとしない　それどころか私の
手を這い昇り　腕に絡みつき　肩に絡みつき　首筋に絡みつき　声
をあげようとする私の口から顔面にかけて絡みつき　鼻腔に口腔に
立錐の余地もないほどその髪の毛らしきものが入り込んできて……
和やかなワカメ採りのひとときを過ごしに海岸にやって来た人たち
はみな一様に不機嫌で
（ワカメ採りが命取りになるなんてねぇ）
と　眉をひそめながら　海水にぐっしょり濡れた私の遺体をしげし
げと眺めては帰ってゆくのだった

逆上

隣家はどうしようもなく夫婦仲が悪い　昼間だろうと夜中だろうと罵りあう声に遠慮はない　昨夜はいつになくそれが酷く　深夜私が二階で眠っていると　食器が毀れる音　ガラスが割れる音　そして階段や廊下を走り回る二人の足音が派手に聞こえてきた　私はすっかり眠りから醒めてベッドの上に起き上がり　固唾をのんで隣家の気配を窺っていたけれど　暫くすると階段から何か重いものが落ちる音と　男女どちらのものともいえない悲鳴が聞こえてきた　そのとき　私の脳裏に浮かんだ隣家の情景は　倒れた花瓶　傾いた額縁食器やガラスの破片が散乱する中で　二階から見下ろす一人　階下に横たわるもう一人　肩で息する一人　息絶えたもう一人　血が流

れていてもさしたる不思議はないし　そうなると後始末が大変だ
時計を見ると午前三時　隣家はそれ以降シンと静まりかえって何の
物音も聞こえなくなり　その静寂に誘われるようにベッドに横にな
ると　私の体は俄に震えはじめた
（人は逆上すると何をするかわからない
　人は逆上すると何をしているのかわからなくなる
　ああ怖い　ああ恐ろしい）
夜が明けたらどうしよう　人の逆上した姿は見るに忍びないけれど
このまま放ってはおけない　どちらが一人でどちらがもう一人なの
か　いずれにしろなんの義理もないけれど　血は流れたままにはし
ておけない　その血を見てますます逆上すれば災厄は隣家に住む私
にまでおよんでくるに違いない　早く行ってこっそり血の後始末を
してこなければ　災厄がこの私におよぶより早く　早く　さあ　早
く！

ドラキュラについて

クリストファー・リー演ずるドラキュラは
ピーター・カッシング演ずる博士に
最後はやられてしまうのだけれど
それを幸福と呼ぶか不幸と呼ぶか

夜にしか生きられないドラキュラには
陽に対する無意識の憧れがあって
夜な夜な美女の生き血を吸いながら
クンクン美女にしみついた陽の匂いをかいでいる
ピーター・カッシング演ずる博士というのは

たいへんな心理通で
そんなドラキュラの憧れをそこはかとなく感じとり
そういうふうにもっていくのだ

暗幕の張られたトランシルバニア城の一室
ドラキュラと博士は追いつ追われつ
（夜はいつの間にか明けている）　そこで
博士はテーブルの上からいきおいよく
暗幕にとびつく
裂けた暗幕のすきまからは朝陽がさんさんと射しこんで
ドラキュラは最期を迎えるのだけれど
そのドラキュラの断末魔の叫びには
えもいわれぬエクスタシーがこめられている
陽をおそれながら陽にこがれ
エクスタシーの瞬間が死の瞬間

それを幸福と呼ぶか不幸と呼ぶか
ドラキュラは既に一握りの灰と化している

四谷怪談

とても間に合わないと知って
伊右衛門は走る走る
一緒にお岩も夫について
おなじように
歩みを急がせたけれど
そこが
男と女の足の違い
思わぬ凹凸に足をとられ
お岩は
躓き　倒れ　ひどい傷

時間がない　時間がない
お岩を助け起こしてやる
時間がない

みれば
お岩の顔は青黒く腫れあがり
きれいに結われた髪も乱れに乱れ
それでもなお
ついてゆこうと立ち上がる

時間がない　時間がない
ゆるせ　お岩
時間がない

すべての悔恨を

お岩に閉じこめて置き去りにすれば
そこが
男と女の思いの違い
伊右衛門は走る走る
すべての悔恨を断ち切るために
行けると思った
そこが
この世の地獄

閉じこめようとして
閉じこめられなかった悔恨が
行灯のかげから
戸板のうらから
伊右衛門さま　伊右衛門さま
ふりはらってもふりはらっても

伊右衛門さま　伊右衛門さま

みたか　伊右衛門
行けると思った
そこが
この世の地獄

ゆるせ　お岩
時間がない

Ⅱ　パラドックス

机上の空論

実は私　巧妙なトリックを思いついたのです　以前からの推理小説
好きが嵩じたとでも云うべきでしょうか　動機　アリバイ　凶器
あらゆる面で犯人を示唆する証拠がなにも残らないという　実に完
壁なトリックを
私は机上の空論が大嫌い
そこで　ひとつこのトリックを実行に移してみようと　今ある計画
を練っているところです　もし万一失敗して捕えられるようなこと
にでもなったら　私の後悔は尋常なものではないでしょうが　机上

の空論に対する嫌悪感は　その不安をはるかに上回っているのです
から　どうにも仕様がありません
計画は既に　ある人をターゲットにして綿密に着々と練られていま
す　後はただ　機が熟するのを待つばかり　今はまだ　机上の空論
にすぎないこのトリックに　現実という確かな基盤を与えてやるこ
とができたら　もうこの世に思い残すことは　なにもないとさえ思
うのです　千載一遇のそのチャンスを　私こうして　毎日手に汗握
りながら待ちわびているのですが

呼ぶ

会いたい人の名を
呼びます
私の声が
聞こえますか

新横浜から
長津田へ　長津田から
宮前平へ
そのたび
呼んで

今はもう
ここまでやって来ました

窓から覗けば
闇夜にぼんやり立つ
私の姿が
みえるはずですが
その姿は
とても
この世のものとは
思えません

窓ごしに
会いたい人の名を
呼びます

よこしまな
私の声が
聞こえますか

みなさん
どうかゆるしてください

この世のものでは
ありません

ジキルの無念

だから
ジキルは
あれほど念をおしたのに
それが
俄仕込みの人間の
かなしさというのか
性懲りもなく
弱さの権利をふりまわすだけふりまわして
結局は
霧深い夜の街を逃げまわるだけの

ハイド

してはいけないことがあるんだよ
だから
ジキルは
あれほど耐えていたのに
ハイド
おまえが
それをやるなんて

逃げていて
心は痛まなかったかい
ハイド
逃げていて
その自分の姿を正視できたかい

ハイド

してはいけないことがあるんだよ
たとえそれが
どんな弱さの権利であるとしても

ハイドは
捕えられ
世間の非難をあびれば
それですむ
罰をうければ
それですむ
弱さの権利は
陽の目をみても
ジキルの無念は

陽の目をみない
非難もなければ
罰もない
ジキルの無念は
陽の目をみない

炎

父の背中で
炎がぼうぼう燃えている
けれど
父はすこしも熱くない様子で
室堂の
万年雪の壁に挟まれた道を
涼しげな顔をして歩いている

（お父さん　熱くないの？）
私がたずねると

父は
（うん　私はもう死んだ人間だからね）
と　答え
（おまえはまだ生きている人間だからずいぶん熱そうだ
おまえの分までしょってやれるといいんだが……）
と　すまなそうに顔をふせた
私の背中でも
炎はぼうぼう燃えさかっており
父はそれを見て
そう云った

（じゃあ　また来るよ）
ぼうぼう燃えさかる炎をしょったまま
父は
室堂の

冷たい万年雪の壁のなかに
消えていった

砂丘下り

その急斜面の砂丘を下るとき　一歩踏み出すごとに足はふくらはぎ
のほぼ中程までズボッと砂の中にめりこんでしまい　わずか二　三
メートル進むのにどうかすると一分以上もかかってしまうのだった
周りを見渡すと急斜面の砂丘はそんな人たちであふれかえっており
私なんかはまだいい方で　ひどい人になると太ももから足のつけ根
にかけてズボッと砂の中にめりこんでしまい　にっちもさっちもい
かなくなっている
これは早いうちに　なんとか手を打たないといずれ私もあの人たち
のようになってしまう　そこで私はひとつ妙案を思いついた　体を
ボールのように丸めて縮めて　砂丘の表面をころころ転がってゆく

というのはどうだろうか
さっそく試してみると　これがなかなかうまくいく
砂まみれになりながらも　その方法であっというまに砂丘を下りきってふり返ると　急斜面の砂丘には相変わらず下半身丸ごとズボッとめりこんでしまった人や
これはひどい
首から下全部がズボッとめりこんでしまった人や
砂丘の下に止めてあるそれぞれの人たちのそれぞれの車は　もう数えきれないほどにあふれかえっており　あの急斜面の砂丘下りのこつは
なににむかっても決して深入りしないこと
これしかないね
と
私は　止めてあった自分の車にとび乗ると　つぎの名所旧蹟めざしまた　楽しい旅のつづきを始めるのだった

Ⅲ　タブー

グリーン・ホテル

新幹線に乗ろうとして　昨夜泊ったグリーン・ホテルの603号室に大事な指輪を忘れてきたのに気がついた　新幹線はもう発車寸前で私はずいぶん迷ったけれど　やはり取りに引き返すことに決め　コンコースに通じる階段をなんとか次の新幹線に間に合うようにと急いで駆け降りた　603号　603号　と呟きながら　ほんの数分前にチェックアウトしたばかりのグリーン・ホテルにとって返すと　運のいいことに見覚えのあるフロント係がまだそこにいたので　さっそく指輪の件を伝えると　そのフロント係は鍵の束をジャラジャラいわせ

ながら
（お客さまも御一緒にどうぞ）
と　すぐさま私を603号室に招じ入れてくれた
そう　この部屋この部屋　この部屋の確か洗面台の鏡の前に昨夜バスを使う時指輪をはずして置いたのだ　私の記憶に間違いはない
そう思いながらフロント係と一緒に洗面所に入り確かめたところない　そこに置いたはずの指輪がない
（お客さまの御記憶違いということもございますし……）
フロント係は慇懃無礼にそう云うけれど　この鏡に自分の顔をうつしながら私は確かにここで指輪をはずしそこに置いたのだ　置いた時のカチャッという音までよく覚えているが　それをフロント係に云うと
（そのような音まではフロントに届いてまいりませんので……）
と　まるで私を小馬鹿にしたようなことを云う

そうか　そうだったのか
私がチェックアウトした後のわずかの隙をついて　このホテルの従業員の誰かが間髪いれずに持ち去ったに違いない　そう思いながらさっきから慇懃無礼な言葉をくり返しているフロント係の顔を盗みみると　いかにも実直そうなその顔が希代のサギ師ペテン師のようにみえて　あの指輪　今頃どこの誰の指で光っているのかと想像すると　かなしくてくやしくて　乗るつもりだった次の新幹線の時間も忘れ　不覚にも　私は　涙を流しているのだった

死体

東海学園前から保田窪本町にむかう途中の喫茶店で私たちは待ち合
わせた　約束の時刻ちょうどにその喫茶店の扉を開けて見渡すと
トミタさんは既にやってきていて　カウンターの一番奥の暗い席に
すわって私を待っていた
近づいて声をかけると　トミタさんはあいさつの言葉もそこそこに
青白く憔悴しきった顔で私に
（私の家に死体があるんです……）
と云うなり絶句してしまった
トミタさんは私の古い友人
トミタさんの考えていることならなんでもわかる

ともかく　状況がどうなっているか　みるため　一緒に保田窪本町のトミタさんの家まで出かけてみたところ確かに　水色のタイル張りの風呂場のほぼ中央に人間の死体が　ひとつ　大の字になってころがっている　連日30度を越す暑さのため　狭い風呂場には既に悪臭さえ漂いはじめているが

これはトミタさんの家の出来事で
私の家の出来事じゃあない
トミタさんの身の上と私の身の上は無関係
それにしても　なんでこんなになるまで放っておいたのか　その暢気さに少しあきれながらトミタさんの顔を見ると

いけない
トミタさんは私の古い古い友人

トミタさんの考えていることならなんでもわかってしまう

あたりが寝静まるのを待って
まずトミタさんが
死体の上半身を持ってズルズル玄関までひっぱってゆき
そこからは私も手伝って下半身を担いだ
息をきらし　汗まみれになりながら
深夜　保田窪本町のその道を
ひとつの死体を担いで私たちがゆく
トミタさんが上半身　私が下半身
ハァハァ　ハァハァ

あなたの気持ちはとてもよくわかる

寒い　寒い

叔父はバカなことをしたものです
死んでしまったのですから
自殺だったのですから
母や叔母たちは
警察から根掘り葉掘り訊かれたそうですが
ずっとひとりだったから
若い頃から病気がちだったから
少し意志の弱いところがあったから
などと口にしながら
みんな

まさか　まさか
と呟いていました

二月の寒い日でした　集まった親類たちは焼き場のすみにかたまって叔父の死体が焼きあがるのを待っていました　冷たい風が間断なく吹いて　みんな
寒い　寒い
と云いながらその場で足踏みをするものもいました
寒い　寒い
と北陸から出てきた父が云うのを聞いて少し奇異な感じもしましたが　この時既に父は癌に冒されていたのですから仕方なかったのでしょう
二月の寒い日でした　集まった親類たちは叔父の骨を拾いながら今度は誰の番になるのかとお互い顔を見合わせると眼を伏せ
まさか　まさか

と心に呟きながら
寒い　寒い
とくりかえしていました

叔父はバカなことをしたものです
死んでしまったのですから
自殺だったのですから
母や叔母たちは
警察から根掘り葉掘り訊かれたそうですが
訊かれれば訊かれるほど
わからなくなったそうです

その時奇異な感じのした父は
あくる年の秋に亡くなりました

寒い　寒い
とみんながくりかえしていました
寒い　寒い
と父がくりかえしていました

風の盆

風の盆をみて
八尾の町から富山へ帰るまでの車中
父はずっと小さな声で
「越中おわら節」を口ずさんでいる
これまでにも何度も聞かされつづけた
「越中おわら節」を
今また
病院からゆるされた
束の間の外出時間のこんな時にまで

泣くような胡弓の音
ふりしぼるように甲高い男の唄い声
それにあわせ
編笠ふかく眼を伏せて
黙々と　ゆるりと
踊りながら町中を練り歩く女たち

(富山で自慢できるもんゆうたら
晴れた日の立山と
この風の盆や
よう見られえ)

父を見舞ったその日は
九月一日　風の盆
すべての不和をのみこんで

八尾の町が「越中おわら節」につつまれる

逆転

急がないと　あの暗く狭い階段をみんなが口々にサギだペテンだ
と叫びながら駆けあがってきたら　私などそれこそひとたまりもな
い　理はもちろんむこうにあり非はもちろんこちらにある　それは
百人に聞けば百人ともがうなずくに違いない動かしようのない事実
なのだから　こんな時一番恐いのは　彼ら　彼女ら　の被害者意識
だ

私はいまでもよく覚えている
テレビの画面では
工業廃液をたれ流し公害の元凶となった会社に抗議につめかけた地

いて
域住民と　その公害企業の経営者たちとのやりとりが映しだされて
地域住民たちの
（鬼　人でなし）
（あやまれ）
という怒号のなか　それまで終始うつむいていた　その公害企業の
社長とおぼしき人物が突然椅子から立ちあがり　二　三歩前へ進み
出たかと思うとその場に土下座し
（申し訳ございません　この償いは必ず……）
と云ったまま絶句してしまった　が怒号はさらに勢いを増し
（あやまって済むのか　なめるなよ）
（誠意をみせろ）
そして束の間の沈黙のあと
（おまえなんか死んじまえ）

土下座をしたまま凍りついたように動かないその人の姿　わずか一分足らずの画面の流れのなかでゆっくりとなにかがすり替ってゆく
裁くものが裁かれ
裁かれるものが裁いてゆく

階段を駆けあがってくる人々の足音がこんなにはっきり聞こえてくる　この部屋のドアを蹴破って私を吊るしあげにし　みんなこれまでの恨みつらみをこれでもかこれでもかとぶつけてくるに違いない　理はもちろんむこうにあり非はもちろんこちらにあるのだから　なにを云われてもどんな要求をつきつけられても私に反論の余地はない

私はいまでもよく覚えている
あの束の間の沈黙
なにかがすり替ってゆく土壇場の一言

（おまえなんか死んじまえ）
理はもちろんむこうにあり
非はもちろんこちらにあるけれど

Ⅳ　籠城

種屋

春のある暖かい一日　陽当りのよい斜面を選んで日がな一日種を播いて過す　私が乞われてこの地にやってきた種屋でございます　痩せた土壌に加え　この地に住む人々の長い間の享楽と怠惰がこのような飢饉をもたらしたのでしょうか　どんなに種を播いても　いまでは芽ぶくことさえなく　何代か前の私の主がこの地を訪れた時には確かにあったと云う　花咲きこぼれ人々が収穫に沸く楽園のような輝きは　いま跡形もなく消え去ってしまったのです　人が何代にもわたって生きてゆくためには　傍からみたのでは理解し難いさま

ざまなことがあるに違いないのですが　大根一本　豆一袋　を得るために四苦八苦している人々の心が眼にみえて乾いてゆくのを　私
種屋は直接どうすることもできないのです
新しい種を求め日がな一日急いている　私がこの地の種屋でございます　人が何代にもわたって生きてゆく　その哀れをつぶさにみてまいりました　大根一本　豆一袋　のことでさえ　人は人を傷つけ
平気で嘘をつきます　どんな楽園も人がそこに住むかぎり　いつか
必ず時に見放されその姿を歪に変えてゆくのです　種屋の種も決して永遠ではありませんが　ひとつの動かし難い事実の集積ではあるのです　遠い日　確かにあったという楽園を甦らせようと　もう何
十年務めておりますが　知らぬ間に種屋自身が時に見放されてしまうということだってあるに違いないのです
春のある暖かい一日　風に吹かれ　種屋の種が宙に舞いあがっては
地におちてゆきます　それら　未だ芽ぶくことのない種に　何代にもわたって生きてゆく人々の哀れが透けてみえるようではありませ

んか
舞いあがってはおちてゆく
舞いあがってはおちてゆく
未だ芽ぶくことのない種　遠い日の楽園
中傷と嘘
享楽と怠惰
乞われた種屋
始まりもなければ終りもない　世界はいまもどこかでくりかえして
いる

春のある暖かい一日——

肉屋と商売女

肉屋の店の奥ではいつも誰かが包丁をふるって肉を捌いていなければ間に合わない　仕方がないじゃないか　これが俺の仕事なんだからと　あまり若くはないが偉丈夫なその肉屋の職人が不機嫌にひとり呟いた　昨夜抱いた　これもあまり若くはない　一目でその筋の女とわかる商売女に　臭い　と云われ顔をそむけられたからだ
肉屋の職人には女房もいれば子どももいるし　違う職業の友人だって大勢いるが　未だ嘗て　臭い　と云われたことなどなかったから勢い　臭い　と云ったその商売女を問いつめることになった

どこがどういう具合に臭いんだ

どこがどういう具合にって　あんた肉屋でしょ　獣の血や肉や骨の
匂いがぷんぷんしてるわよ
仕方がないじゃないか　親も兄弟もこの仕事で　俺自身この仕事に
ついてもう何十年にもなるんだ　いまさら他のどんな仕事につけば
いいって云うんだ　それに　女房も子どもも友人も　みんな心のど
こかで俺のことを臭いと思いつつも黙ってがまんしているじゃない
か　それをあんな自堕落な節操のかけらもないような女にズバリ云
いきられてしまうなんて　がまんがならん
俺は肉屋の職人だ　店の奥では獣の血や肉や骨の匂いが充満してい
るが　それだって誰に迷惑をかけているわけじゃなし　みんな喜ん
で　俺の捌いた肉を買って帰るじゃないか　捌いた肉はきれいでも
肉を捌く俺は臭いってわけか　明るく清潔な家庭に肉料理は似合い
だが　ゴム前掛けにゴム長靴　手には鉈切り包丁の如きものを持っ
た俺が現れるとぶちこわしってわけか
あの女　俺のこと　臭いとぬかした　女房も子どもも友人も決して

口にしないその言葉をいとも簡単に口にした　がまんがならん
今度巡りあわせで顔をあわせることがあったらよく覚えておけ
おまえの方こそよっぽど臭い！

家族の肖像

罰として　３ＤＫのマンションの一室を牢獄として　その男に与える　傍にはそれ相応の姿態を持った女を一人置かせ　そこから　仕事に行くことも旅に出ることも酒を飲みに行くことも可能にしておくが　首に嵌めた首輪だけは　一生はずせないようにしておく　その上で　部屋の床という床はすべて取り払い　そこに暗くて深い巨大な穴を掘っておく　どんな足場もないその部屋では人も物もすべてが宙に浮いている　信じられないことかもしれないが　気を許すとたちまち奈落に落ちていってしまうその部屋で　男はもう何年も宙に浮いたまま暮している
暗くて深い巨大な穴の上にある部屋のキッチンで　宙に浮いたテー

ブルを囲み　落ちまいとして必死の形相で食事をしている　男女の
激しく震える筋肉
どこで何をしていても突然そのことの不自然さが男の胸にこみあげ
てくる
誰がどこからみてもごく普通の３ＤＫのマンションの一室で　信じ
られないような奇妙な毎日がくり返されている　想像してみてほし
い　宙に浮いたベッドの上で　落ちまいとして必死の形相で愛しあ
っている男女の激しく震える筋肉とその姿態について
罰として　ひとりの丈夫な男児をその男に授ける　くり返される奇
妙な毎日の中でその男はみるだろう　自分と瓜ふたつの幼い魂が
落ちまいとして必死の形相で
おとうさん助けて
と叫ぶ姿を　けれど　この有り様は罰としてその男に与えられたも
のなのでその男の意志によってはどうすることもできない　仮にそ
の男児が暗くて深い巨大な穴に落ちてしまったとしても　世間では

宙に浮いた部屋での奇妙な事件として片づけられてしまうだけのことである　もちろんまったく無関係の他人事として

ニセクロハツ

河内長野の天見の山中を歩いていてみつけたと云いながら　母がおもむろにとり出したのは　色も形も地味で目立たない　ありふれた土つきの茸　春は山菜　夏から秋にかけては茸を採りに天見の山中に入るのが　ここ数年の母の慣わしになっている　これまでも　シメジやヒラタケ　アミタケなど　ひとりで食べきれないほどの量が採れたときには必ず私のところへも持ってきてくれていたがその日母が私にみせてくれた茸はたったひとつ　茸御飯やすき焼きにそのままひょいっと入れて何の違和感もなく食べられそうなその茸に猛毒があると母は少し興奮気味に私におしえてくれた　昔　図鑑で確かめたことがあるから間違いはない　この茸はニセクロハツとい

って知らずに食べると命とりになることもあるおそろしい毒茸
（こんなものを食べたくらいで本当に人が死ぬのかねぇ）
食堂のテーブルの上に置いた土つきのその毒茸をはさんで母と私は
会話する
（きっとまずくて食べられないんじゃないの）
（それがそうでもないらしいよ）
そう云いながら　今は気ままなひとり暮しをしている母の眼が　急
に何かを思い出したようにキラッと光る
（ちょうど今のおまえくらいの年齢のとき……）

今の私くらいの年齢のとき
母はどうだったと云うのか
地味で目立たない
ありふれた暮しの中にいたはずの母が

今の私くらいの年齢のとき
いったいどうだったと云うのか

母はその毒茸を採った場所をていねいに地図まで書いて私に説明してくれる
（間違って食べる人がひとりくらいいても少しもおかしくないよ）
そう云いながら母は　キラッと光った眼をさらに輝かせながら　その毒茸を手にとり私の顔を窺うようにみると　冷めたお茶を一気に飲みほし　それじゃあと　垣間みせた過去をていねいに折りたたむようにして　湿ったいまはひとり暮しの自分の家へ帰っていった
午後の明るい陽射しの中で　毒茸のありかを示す地図だけが風にひらひらゆれる

ニセクロハツ
私くらいの年齢のとき

こんなものを使ってでも
殺したいほど憎んでいた人がいた
とでも云いたかったのか

地味で目立たない
ありふれた暮しの中で
ニセクロハツ
毒茸のありかを示す地図だけが
風に
ひらひらゆれる

ニセクロハツ
殺したいほど憎んでいる人が
この私に
いる　とでも云いたいのか

V　夜

虚構

釘を打つ
金槌を手に
腕をふりあげふりおろし
そんな動作を何度もくりかえしていると
道具を手にして何かを打つという
そんな動作を何度もくりかえしていると
いまは釘の頭だけれど
これが

もっと違う何か
たとえば
人の頭であったとしたら
どんな気分のものだろうという思いに
とらわれはじめてくる

私の内には
わけのわからない憎悪がいっぱいつまっている
それなのに
生きている私はあまりにおとなしく
おとなしすぎて
時々
私にさえ
私がどこにいるのか
わからなくなってしまう

私は
道具を手にしてであれ
素手であれ
人を打ったことなど一度もないが
釘を打つという動作のくりかえしの中に
人の頭を打つという光景が
否応なしにわりこんでくる時
私の憎悪は動かしようのないものになってくる

誰に対しての感情なのか
何に対しての感情なのか
ともかく
その感情を発露した後の私に
本当の

私の姿がある

感情の発露
それは
いつ
どのようなかたちで
やってくるのか
憎悪にまみれて
理性を失った私がそこに立っている

ひとつの動作の
くりかえしの中から
否応なしにみえてくる
私の感情のありか
それが

私には
とてもおそろしい

橋

川っぷちに立って思いきり背のびをしたら　宙を飛んできた何かを
避けようとしてバランスを失い　そのまま川の方にむかって倒れこ
んでしまった
流されるっ！
溺れるっ！
と思った瞬間　精いっぱいのばしていた手の先が向こう岸の縁にふ
れたので　私は無我夢中になってそこに群生していた雑草の束を握
りしめ　こちら岸に残った足先にグッと力を入れ　一本の固い棒の
ようになって川を跨いだ　私はかろうじて踏みとどまったのだ　け
れどその光景を眺めていた人たちが

（橋だっ！）
と口々に叫びながら　私の体の上をドタドタと通り過ぎていったの
には閉口した
早く体勢を立て直し何とか起きあがろうとしてみるが　手先足先
どちらをどう離してみても川の中に落ちてしまうのは自明の理であ
る

私のこの姿勢はどこからどうみても橋である
私は橋ではないが
誰がどうみても橋にしかみえない
手先足先　キリキリ喰いこませ
私は
多分死ぬまで橋にしかみえないだろう

旗

孤島ニタッタ一人デ泳ギツイタソノ時ハ　スグニ旗ヲ作ラナケレバナリマセン　人ヲ迷ワセ苦シメル猥雑ナ物ガ何ヒトツナイ世界ニ辿リツイタソノ時ハ　水ヤ食べ物ヲ手ニ入レルトイウソンナ事ヨリモマズ旗ヲ作ルニ必要ナ材料ヲ集メナケレバナリマセン　孤島ニタッタ一人デ居ルノデスカラ　ゴマカサナケレバナラナイ自分モ　欺カナケレバナラナイ他人ノ眼モナイノデスカラ　ソレマデソコニ注イデイタエネルギーヲ全テ　旗ヲ作ルトイウ作業ニ注ガナケレバナリマセン

明ルイ陽ノ下ニ居ル時ハソノ意味ガヨク判ラナイデショウ　タトエタッタ一人デモ　鳥ヤ樹木ヤ青イ空ニ囲マレテイル時ハソノ意味ガ

V　夜

ヨク判ラナイデショウ　デモ陽ガ落チテ　底知レヌ夜ノ闇ノ中デジットト遠クノ水平線ニ眼ヲヤッテイルト　ソンナ夜ヲ何度モ何度モク
リ返シテイルト　或ル日突然イタタマレナクナリ　小高イ丘ノ上ニ
駆ケ登ルト　狂ッタヨウニ旗ヲフリ始メルノデス
私ハココダ　ココニ居ル
誰カフリムケ　気ガツケ
ソンナ夜ノ闇ノ中デハ何ヲドウフッテミタトコロデ誰ニモ気ヅイテ
モラエナイノニ　ソンナ夜ノ闇ノ中デハ旗ハモチロン　フッテイル
ソノ人サエソノ闇ノ一点ニシカ過ギナイノニ　ソウト判ッテイテ人
ハ狂ッタヨウニ旗ヲフルノデス　泣キナガラ旗ヲフルノデス
孤島ニタッタ一人デ泳ギツイタソノ時ハ　無意味ト判ッテイテスグ
ニ旗ヲ作ラナケレバナリマセン　誰ニモ気ヅイテモラエナイト判ッ
テイテ　人ハ旗ヲフラズニハイラレマセン
夜ノ闇ノ一点トナリナガラ
狂ッタヨウニ

私ハココダ　ココニ居ル
誰カフリムケ　気ガツケ
ト

王

門番がつぎつぎと殺されてゆく
門番のいない門など
不用心で
態をなさないからと
新しい門番が
つぎつぎと連れてこられたが
誰彼の区別なく
つぎつぎと殺されてゆく
王は
門番のいない門が

不安でたまらなかったから
その国の民すべてを
門番にかりだしたが
ある日
その国の民すべてが
尽きてしまった
門の前に
うずたかく積まれた死体を見て
それでも王は
誰か門番はいないかと
ふるえる声で
臣下にたずねた
はい　私で最後でございます
臣下はこたえた

遂に
最後のひとりも殺されてしまった
それでも王は
門番のいない門が
不安でたまらなかったから
隣の国の民にむかって
大声で
たずねてみた
誰か門番はいないか

門番がつぎつぎと殺されてゆく
門番はどこだ
門番を探せ

入口

じっとみつめていると
それが何かの入口にみえてくる時がある

今日私がみつめていたものは
一枚の写真
南イタリアの
とある都市の
石造りの住居の中にある階段を
真正面から撮った写真

踊り場があり
そこから階段は左に折れ
折れた先は
途中で途切れて
そこで終ってしまっている
陽が射して明るいが
人はいない
人はどこにも写っていない

私はその写真を撮った人の前に坐り
その写真をじっとみつめている
南イタリアについては何も思いうかばないが
途中で途切れてしまっている
その階段の
先が

気にかかる

じっとみつめていると
その気にかかる部分が
何かの入口にみえてくる時がある

私は入ってゆけるか
どこまで入ってゆけるか

大阪の
梅田の喫茶店の片隅で
南イタリアから帰ってきたばかりの
その人は
軽い咳をしている
微熱があると云いながら

オレンジ色のカプセルをとり出して服んでいる

じっとみつめていると
その人の
みえない部分が気にかかってくる

それが全ての入口である
私は入ってゆけるか
どこまで入ってゆけるか

みえない部分の
そこのところから
さあ
あなたの
どのあたりまで

町

誰も知らない寂しい町
どの町とも境を接することのない
もちろん
どんな詳細な地図にも載らない
私たちだけが知っている寂しい町

その町で
私たちは腕のいい一組の仕立て屋として生計を立てていく　あなたは裁断師として　私はそれを仕上げる従順なお針子として　使い込まれた縫製台をはさんで私たちはむかいあい　毎日美しく柔らかな

洋服を仕立てることだけに心を傾けてゆく　その町に住む人たちの洋服は全て私たちが仕立てたもの　何年何十年経っても少しもくたびれない　どんな流行にも左右されない　そんな洋服を仕立てるため　私たちは採寸し線をひき　生地を選び糸を決め　流れ去る時間を全てそんなことのために費やして幸福なのだ　時折作業を止めてみつめるものと云ったらいつもお互いの手　一着の洋服を創りあげる
あなたの手　私の手
けれどそんなやさしい暮しがある
その町は

誰も知らない寂しい町
夜とともにあらわれて
夜明けとともに消えてゆく
私たちだけが知っている寂しい町

その町で
私たちは
死ぬまで
二人きりで生きてゆくのだ

お互いの手がかすかに光る
どこにも存在し得ない
その町の
片隅で

夜

眠れない夜は本を読む
昨夜は
ロアルド・ダールの『あなたに似た人』だったけれど
それが
阿刀田高の『恐怖コレクション』だったり
色川武大の『怪しい来客簿』だったり
うすあかりの下のソファーに寝ころんで
もう何度も読んだそれらの本のページを
私はまた
あきもせずに繰る

それで眠れる夜はいいけれど
それでも眠れない夜はポルノ・ビデオをみる
音は消して
うすあかりの下のソファーに寝ころんで
ぼんやり画面に映し出されている男女をみていると
みんな大変なんだな
と　ふいに思えてきて
それに較べると
自分の大変さなど
とるに足らないことのように思えてくる

それで眠れる夜はいいけれど
それでも眠れない夜は机の前にすわってみる
机の前の窓を大きく開け放ち

流れこんでくる夜気を深く吸いこみながら
昼間の出来事を思い返してみる

傷つけられたこと
傷つけてしまったこと
男が男であるために
女が女であるために

眠れない夜
私は
本を読む
ポルノ・ビデオをみる
机の前にすわってみる
男が男であるために
女が女であるために

どうしても避けられなかったそれらのことが
頭の中で堂々めぐりし
私はどうしても眠れない
きっと死ぬまで眠れない
そして
夜はいつまでたっても明けてはくれないのだから

風景

京都下鴨神社の境内で一組の男女の結婚式風景を垣間みた　初冬の
凛とした冷気の中　白無垢の花嫁と羽織袴の花婿が緊張した面差し
で　ゆっくりと　玉砂利を踏みしめながら私の眼の前を横切ってゆ
く　それを取り囲むようにして式服に身を包んだ親類縁者たちが
笑顔で言葉を交わしながらしきりに頭を下げあっている　これから
記念撮影が始まるのだ　鳥居の前にしつらえられた椅子に花嫁花婿
が坐ると　カメラマンは花嫁の綿帽子や白無垢の裾をさかんに直し
はじめ　いつの間にかざわざわしていた参列者たちも口を閉じ　整
列した人たちがみな一瞬同じ顔つきになりシャッターがきられる
身も知らぬ赤の他人の結婚式風景を　着古したコートに色褪せたマ

フラーというういでたちでぼんやり眺めながら　この後この二人はどうなるのだろう　どんな風に傷つけあい　どんな風に自分をごまかして生きてゆくのだろうかと考えはじめ　花嫁花婿の緊張した面差しの上に　過ぎていった自らの時間を重ねあわせてみる　果たそうとして果たせなかった思いがあふれてくる

生きている限り　今この瞬間で完結することなど何ひとつない

画廊に戻るため　狭い急な階段をゆっくりと昇りながら　私はあの凜とした冷気の中に独り立ちつくす自分を想像してみた　果たそうとして果たせなかった思いに怯えながら　何かに憑かれたような私が

京都下鴨神社のその風景の中にうかびあがってくる

Ⅵ　他人の眠り

手段

男が化学書と首っぴきになって手製爆弾をつくっている
邪魔になった人間をこの世から抹殺するため
手製爆弾を思いつくなんて
いかにも安直なテレビドラマのストーリー展開だと思いながら
現実にも皆無でないことに思いあたる

実際に
仕掛けられた爆弾

送りつけられた爆弾
傍からみればどんなに荒唐無稽にみえる行為でも
当人にとっては
感情の正確な足し算と引き算の結果なのだ

邪魔になった人間の体なんか吹っとばしてしまえとは
その瞬間には思えても
いざ実行にうつすとなると
馬鹿馬鹿しくて
とてもまともにとりあってはいられない

私に爆弾はつくれない
けれど
自分の感情の
正確な足し算と引き算の結果ならよく知っている

邪魔になった人間をこの世から抹殺するためのとても淫靡な
私の手段

手製爆弾を完成させた男は
嬉々として
それを眺めているが

夢の話

好きな男と心中する夢をみた
誰もいない
どこか古ぼけたビルの屋上を
二人でゆっくり歩いてきて
ちょっとそこまで　といった感じで
スッ　と飛び降りた
自分が死ぬ夢はしょっちゅうみてきたが
誰かと一緒に　というのは
これがはじめてだった
何かの兆しかもしれない

眼がさめて
私は生きている自分の
今日一日を想像してみようとしてみたが
夢のなかのことが追いかけてきて
うまくいかなかった

好きな男もたまにはこんな夢をみるのだろうか
私たちは
別々に生きている

夢の反芻

夜遅い地下鉄の車内は空いている
座席に腰をおろし揺れに身をまかせていると
いつの間にか
浅い眠りのなかにおちてゆく

夢の中でも私は電車に乗っていて
つり革につかまりながら
低い屋並みがつづく町をぼんやり眺めている
このまま
この低い屋並みのまま

この町は途切れるのだと思っていたら
ふいに
何かに耐えきれなくなったように
異様に高い一本の煙突が目の前にあらわれ
電車は
そこだけガクッと速度をおとし
スローモーションフィルムのように
ゆっくりと通り過ぎていく

わずか数分の浅い眠りから醒め
気がつくと
私は夢のなかの情景を
何度も何度も反芻している
低い屋並みに
不意に突き出た一本の煙突

私の背後にも
あの煙突のようなものがつき立っているのだろうか
何かに耐えきれなくなって

夜遅い地下鉄の車内は空いている
対面の窓ガラスに映った
私の背後にじっと眼をこらしてみるが
そこにあるのは闇
ただの闇

電車はゆっくりとホームにすべりこむ
いつもの駅で私は降りる
とても低い屋並みだと
そう　思いながら

他人の姿

夜遅くタクシーに乗って家に帰った
窓の外をぼんやり眺めていたら
家の近くの坂道を登ってゆく
中年の男の人の姿が眼にとまった
等間隔にならんだ街灯の
うすぼんやりしたあかりの下を
前傾みになって
一歩一歩踏みしめるようにして歩いていた
私はタクシーに乗っていたので
その人の姿をみていたのはほんの一瞬のことなのに

どうしてか家に帰った後も
その人の姿が
しきりに思い出されて仕方がなかった

坂道を登る時は
誰だってああいう格好になってしまうのだ
自分が坂道を登っているところを
自分でみるわけにはいかないが
他人が坂道を登っている姿をみて
ああ　あれは自分だと
置き換えることはできる
容易なことだ

夜遅いタクシーのなかからみた他人の姿は
容易に自分自身の姿を想像させ

私はなんだかおかしくて笑ってしまった
私の姿をみて
ああ　あれは自分だと
容易に置き換えることのできる人
そんな人と一緒に
私は
一度でいいから
ゆっくり笑ってみたい

夢の熊本

現実には行ったことのない熊本駅の前に立って
雨模様の空を見上げている
古ぼけた電信柱と
その間を渡る電線がやたらと眼につく
複雑に路地が入り組んだ町だった
古くからの知人を訪ねるため
私はここまで来たんだと
そう思いながら
町にむかって一歩足を踏み出したとたん
足元の地面が一気に抜けおち

私の体は宙に浮いた

今日私は書店に行き
『観光ガイド　熊本』という本の頁をペラペラめくってみた
熊本の町のカラー刷り写真が何枚も載っていて
それはとても明るく清潔な感じがした
電信柱も電線も路地も
どこにも写っていなくて
あれは根も葉もない夢だったんだと
そう思って胸をなでおろしたが
それでは
私が訪ねるつもりだった
古くからの知人というのはいったい誰のことだったんだろう
根も葉もない夢のそこのところから
不安が飛びたつ

書店を出ると
いつものように
私はまっすぐ家に帰った
夢の不安はかたちにはならない
だからどう説明しようもないが
平凡な日々のどこかを
いつもかすかに揺らしつづけている
死ぬことになっている私たちの
妙に明るい日々を
ゆっくりと暗転させてゆく

消息

裸足で心斎橋の雑踏のなかを歩いている
ふと横をみると
以前会ったことのあるＭ・Ｈさんが
無表情な顔をして
こちらをみているのに気がついた
東京の
しかも激務に追われているはずのＭ・Ｈさんが
何でこんなところに……
そう思いながら
雑踏をかきわけ

M・Hさんに近づこうとして
ガラスの破片でも踏みつけたのか
（痛っ！）
私は裸足だったのだ

以前会った時M・Hさんは詩を書いていたが
いつの間にか
どういう理由からか
詩を書かなくなってしまった
どうして　と訊ねても仕方のないことだけど
どうして　と一度訊ねてみたかった
詩を書いていた人が
詩を書かなくなった理由を
M・Hさんは詩人だったから
本当の詩人だったから

Ｍ・Ｈさんのあの無表情な顔が
とても　気にかかる
何か悪いことが起こっていなければ
いいのだが

夜中の入浴

夜中に机にむかっていたら気づまりになって
気分転換をしようと
お風呂に入った
さっきまで降っていた雨も止み
小窓を開けると
雨上がりの土の匂いがぷんと漂ってきて
湯舟につかりながら眼を瞑っていると
どこか山深い温泉にでも来ているような
そんな気分になれた

どこかで何かを見落としている
何度も元にもどって
最初からやりなおしてみるが
やっぱりそこから先にすすめない
そのまま
力ずくで押してゆけば
どうにかなると判っていても
そうはできない時がある
ああ　そうだったのか
と　思える瞬間を待って
待って
待ちつづけて

雨上がりの土の匂いとともに
隣の家の庭に植わっている沈丁花の匂いまでが

かすかに漂ってきた
静かで
とてもいい気分
どこかで猫も戯れあっていて

山本周五郎

散歩のつもりでブラブラ歩いていたら
都会では滅多にお目にかかれない
風情のある田舎家に行きあたった
なんだかとても懐かしいような気分になって
玄関先に立つと
どういう経緯でか
そこは山本周五郎の家ということになっていて
掃き清められ
軽く打ち水をしてある三和土をみると
なるほど

確かにここは山本周五郎の家だと
そう思えた

時代物の小説は殆ど読まない私も
二十歳前後の若い頃
山本周五郎の書いたものだけは
ポツポツ読んでいたのを思い出した
最近の若い人たちは
山本周五郎なんて読まないのだろうか

縁側にまわって覗きこむと
広い畳敷の部屋に
黒塗りの銘々膳を前にして正座をした人たちが
円を描くようにズラッと連なり
その中央に机を置いた

山本周五郎と思しき人物が
衆人注目の中
黙々と文章を書きすすめている姿が垣間みえた
仇討ちとか
不義密通とか
お家騒動とかいった言葉が
さぁーとわたしの脳裏にうかんでは消えていった

散歩のつもりで
とんでもないところまで来てしまったと
あわてて元来た道を引き返しながら
最近の若い人たちは
いったい何を読んでいるのだろうかと
柄にもなく感傷的になってしまった
的はずれには違いないが

何だかとても可哀そうだと
そう思えてならなかった

某日

誰もいない家で夕食を食べた
テレビでは
インドネシア情勢がどうとか
ダイオキシン濃度がどうとかいうニュースをやっていて
私はもらいものの鰻を食べながら
ぼんやり画面を眺めていた
インドネシアではいったい何人の人が死ぬのだろうかとか
環境破壊という言葉は
もうずいぶん以前から聞いているけれど
一向になくなる気配はなく

手を替え　品を替え
かえって加速しているのではないかと思った
人間はただ食べて眠るだけでも
呼吸し排泄しなければならないのだから
きれいで安全な地球を
なんて
無理に決まっている
汚して　騙して　罵りあって
おまけに
人の命は
いつだって変動相場制で
人一人の命は地球よりも重い
なんて言葉を聞くと
おかしくて仕方がない

誰もいない家で夕食の後片づけをした
呼吸し排泄しながら
糾弾されるべきことは何ひとつしていないような
澄ました顔をして私たちは生きているけれど
いざとなったら
みんなひとつ穴の貉
だから
悪かった　なんて謝る必要はどこにもないし
誰彼が悪い　なんて非難する資格も誰にもない
誰もいない家のあかりを全部消し
寝床に入って眼を閉じた
呼吸し排泄しつづける私たち
澄ました顔をして
汚して　騙して　罵りあう

想像し得る明日は今日より暗く
そして
個人の声など聞きとれぬくらい
派手で賑やかな一日になるだろう

老醜

堀田善衛の『定家明月記私抄』を読んでいて
その時代の歌人たちの
意外に長命なのに驚いた

西行　一一九〇年七三歳で没
俊成　一二〇四年九一歳で没
定家　一二四一年八十歳で没

平安文化に生きた歌人たちは
どんなに生きても

せいぜい五十年が限度だろうと
勝手に思いこんでいた私は
思わず唸ってしまった
疫病　放火　強盗　天災　などの下
よくもまぁ……

その夜
歯が全部抜け
髪の毛は真っ白で
皺だらけになった自分の顔を
鏡にうつしながら
とうとうこの日が来たかと
さめざめと泣いている夢をみた

八十歳　九十歳の

平安の歌人たちの姿を想像するのはむずかしい
矍鑠としていたのか
それとも
やっぱり……

平安の歌人も
平成の凡人も
人はみな醜く老いる
歌詠みが歌を詠めなくなった時
そしてそれでも生きながらう時
夢の浮橋
そのことに私たちはどう耐えればいいのか

一日の始まり

ベランダのガラス戸がひどく結露している
外は真冬の気温なのに
暖房につつまれてここは暖かい
昨夜の食べ残しのお寿司をつまみながら
ラジオから流れてくるブラームスを
聞くともなしに聞いている

話はとても単純だと思いながら
他人にわからせるとなると
やっぱり少し複雑かなと思う

一言で片づけるわけにはいかないけれど
と云って
千語万語をつくせばそれで足りるというものでもないし

人間ってみんな
そうなるのではなくて
そうなってしまうのだ
それも実に用意周到に
有無を云わさぬタイミングで
気がつくとなってしまっていたのだ
私は私に
これから先の私って
訂正不能だと
何だかそんな気がする

私は私になってしまって
そしてこれから先
なにになるのか
なにになられないのか

食べ残しのお寿司もなくなって
いつの間にか
ブラームスは終わりドビッシーに
どこで始まってどこで終わるのかよくわからない
退屈なクラシックも
こんな一日の始まりにはいいか

外は真冬の気温
出かける時間が近づいてくる
結露をサッと拭きとって

そして
扉にはしっかり鍵をして
いざ

Ⅶ　思う壺

雨中の論議

記録的な大雨で　近くの川が氾濫しそうなまでに水嵩を増してきている　横なぐりの雨が激しく降りこむベランダに立って　私たちのぐしょ濡れの論議はつづいていた　問題は誰が誰とどうしたとかあの日の約束はなんだったのかという　そういうことではないはずだ　と一人が云えば　けれど話がここまでこじれたのは　これ迄そういうことをないがしろにしてきたことの結果じゃないのか　と違う一人が怒ったように云った　記録的な大雨であたりは激しい雨音につつまれ　みんなの口調は喋るというより　怒鳴るといった方に

近く　それは否応なく私たちの感情のボルテージをあげていった
大事なのはこれまでのことじゃなくて　これからどうするかという
そういうことにあるんじゃないのか　という建設的な意見を云う人
もいるにはいたが　体にピタッと張りつく　雨に濡れた衣服の不快
さからか　あるいは室内に戻るためのガラス戸に　いつの間にか鍵
をかけられしめ出されてしまったことへの腹いせからか　そんな建
設的な意見に耳を貸す人など誰もなく　やれ責任をとれだの潔く認
めろだの　野次怒号まがいのものまで入り混り　時間が経つにつれ
誰が何という名前でどういう立場でものを云っている人なのかさえ
お互いよくは判らなくなってきた　みんなぐしょ濡れの体をガタガ
タ震わせ　青白くなった唇を噛みしめながら　それでも誰も一歩も
ひこうとはしない

鍵をかけたのは誰
そこで笑っているのは誰

氾濫しそうなまでに水嵩を増した川を背景に　喧喧諤諤　私たちの
ぐしょ濡れの論議は　いつ果てるともなく　どこまでもどこまでも
つづいていった

言葉では云い表せないもの

東京で三十五歳の主婦が顔見知りの二歳の女の子の首を締めて殺し
その遺体を自分の実家の庭に埋めていたと新聞やテレビのニュース
で知った
十一月二十六日付日経新聞の夕刊には
「殺そうと思ったのは表面的なものではなく、長い間の心理的な心
のぶつかりあいがあった。言葉では云い表せないものがある」
という一文が　その主婦の供述として載っていた　そこのところを
二度三度とくり返し読んでいるうちに　私の思いは
「言葉では云い表せないもの」
という　そこに釘づけになってしまった

言葉では云い表せない　から
行動で示した　というそういうことなのか
言葉では云い表せない　なら
言葉で書き表してみる　ということを
何故その主婦はしなかったのだろうか

この間　二男の部屋を掃除しようとしたところ　二男が書いた「十九歳の自分から」と題した　自分に宛て書いた手紙のようなものを読んでしまった　レポート用紙一枚足らずのその文章の中の〈あの雑草はいったい誰が引きぬくのだろうか〉　という箇所に私はひどく感動してしまった

書け　と思った
書け　書け

何故書かないのか
書く　書く
私は書く

人の心の闇をぬって
その闇に瞬時の光をあてるため
せっかく持っている
「言葉では云い表せないもの」を
何故　どうして
そのままにして日々を過ごすのか

私の二男は学校コースをはずれ
髪の毛を見事な銀髪に染めあげ
夜討ち朝駆け
土方仕事に明け暮れしている

書け　と思った
書くしかない　と思った
書け　書け
もっと書け
だからもっと書く
私はもっと書く

「言葉では云い表せないもの」
その心の闇に
瞬時の光をあてるため

読後感

午前五時　昨夜服んだ下剤がこんな時間に効いてきて　『文学界』五月号を読みながら便器に座っている　一気に出るだろうと期待していたものが　きれぎれにしか出てこない　これは長丁場になると思い　いつもの癖で何か読むものをと『文学界』五月号を持ってトイレに入ったというわけである
昨夜読みかけていた車谷長吉の「狂」という作品のページを開ける　一ページ読んだだけで嫌になる作品もあれば　思わずひきこまれ一気に読み終えてしまう作品もあるが　「狂」はきれぎれに出る便や間歇的に襲ってくる腹痛に時折気をとられながらも　その時のトイレの中で読みきることができた

ものを書くということは　こういうことを避けては通れないのだ　というということを車谷長吉という人はこんな具合に書く　最後は〈文士なんて、人間の屑である。〉と結んであるが　これはつまり　車谷長吉という人が〈自分は、人間の屑である。〉と云っているのと同じだと思った　自分を指して〈屑〉というのは　私にはためらわれる　その言葉は最後の最後まで自分の内にのみこんでおかなければならない言葉だと思うから　たとえ私がどんな屑であれ塵芥であれ　作品の中でそう書いてしまうと　二進も三進もいかなくなってしまう　万がいち　そう書く時の私の顔には　きっと卑屈な笑いがうかんでいるに違いないし　もしかすると　それは何かにおもねてそう書いているのかもしれない

なんだかすっきりしないお腹をさすりながらトイレを出ると　階段を下りる　車谷長吉　クルマタニチョウキツ　一度聞いたら忘れられない名前だ　渇いた喉に冷たい水を流しこんだら　また便意を催しトイレに駆けこんだ　下剤のコントロールというのも　これでな

かなかむずかしい　どれくらい服めばどれくらい効くか　知悉して
おかなければならない　ただ服めばいいというそういうものでもな
いらしい

夏の終り

会話の途中で〝形見わけ〟という言葉が
何気なくあなたの口から出た
気負ってとか考えた挙句とかいった風ではなく
吸った息をスッと吐き出すように
あなたは二言三言そのことについて語り
会話はその後も
何事もなかったように淡々とつづいた

夏も終ろうとする八月の末だった
何気ない風を装いながら

その言葉に
私は内心ひどく慌てていた
私には思いもよらないそんな言葉に
あなたは日々どれ程馴れ親しんで暮らしているのか

死は全ての人にやってくるのに
そのながめは
私とあなたでさえこんなに違う
〝来い〟と呼ぶ声を
〝行け〟と押す声を
いつ　どこで　どんなかたちで
私たちは聞くのか

夏も終ろうとする八月の末だった
風呂あがりにビールを飲むあなたの喉仏が

ゆっくり上下するのをみていた
いつか突然のようにしてことは起る
その時になれば
どんな準備も覚悟も無駄だったのだとわかる

あなたが去る
私が去る

行き先は同じなのに
どうしてなの
こんなに寂しい

猫談義

明け方近くになって台所の窓から猫が帰ってきた
チッチッと舌を鳴らす私には眼もくれず
むさぼるように餌を食べると
精も根も使い果たしたといった風情で
ソファーの上にへたりこんでしまった
その姿を眺めているうちに
一年中発情している人間と
決まった時期にしか発情しない猫と
いったいどちらが自然で平和なんだろうかと
考えはじめてしまった

そしてまた
ひとりの人に決めてしまうということと
気分次第誰とでもというのと

責任とか義務とか
窮屈なようだけど
それが私たち人間の
唯一の生きるよすがなのかもしれない
猫はどんなに群れていても個で生きてゆけるけど
私たち人間は
どんなに隠遁生活を送ろうとも
決して個で生きているわけではない
丸まった猫の背中を撫でながら
個で生きぬくということは

つまり時間を失くすことではないかと思った
過去も未来も現在もなく
だから後悔も諦念もなく
ただ平板な暗闇の中を駆けぬけていく

（生きるよすがか……）

夜になって
猫は一目散
そのしなやかな姿態を躍らせながら
またもや巷にとび出して行ってしまった

捌け口としての怒り

眠りに入ろうとする間際の意識の中に
昼間のいざこざの怒りがまたこみあげてきた

その人にとって私は眼の上のたん瘤なのだが
塵芥じゃあるまいし
私だって人格を持ったれっきとした一人の人間なのだ
そう簡単に消えてなくなるわけにはいかない
相手は自分の興奮した言葉にさらに興奮し
語尾がふるえている
顔色が変わっている

こういう時
謝って相手の怒りの腰を折る
という方法もあるが
私には私の怒りがあり
相手の怒りの腰を折るということは
私自身の怒りの腰を折るということにもなるので
それはしなかった

Ｉさんよ
もう少し自分を知った方がいいよ
どうして事実から眼をそむけるの
もっとしっかりみてよ
事実を　自分を
Ｉさんよ

だから私にもそれくらいのことを云ってほしかった
ただ語尾をふるわせるだけではなく
顔色を変えるだけではなく

物と人
それらの織りなす関係に囲まれて
私たち生きているんだから
囲まれてと云うより圧縮されてと云った方がいいかもしれない
圧縮されると息ができなくなって苦しい
苦しいから
思わず口をパクパクさせてしまう
その苦しみの捌け口としての　怒り
Iさんの　私の

怒りということでは

Ｉさんも　私も
同じところにいた
二人して口をパクパクさせて
みている人たちはさぞおもしろかっただろうなと
眠りに入ろうとする間際の意識の中で思った

輾転反側
明日がまたやってくる
苦しい明日が
また
やってくる

出入口

出入口がひとつしかない
他人に入って来られるのが嫌で
入口を釘付けにしたつもりで
出口も釘付けにしてしまった自分に気がついた
長い時間をかけて汗水流して
この薄暗い部屋に
私は私を閉じこめてしまっただけのことなのか

何故他人が入ってくるところからしか
私は出てゆけないのか

何故そこで
私はいつも醜態を演じてしまうのか

誰も入るな
けれど私は出てゆかなければ
ひとつしかない出入口の不便さはそこにある
生きている私の矛盾の理由もそこにある

男女の風景

何気なくテレビのチャンネルを回していたら
画面に　昨年亡くなったフランスの画家バルテュスと
その夫人節子さんが映っていた
バルテュスは車椅子に坐って煙草を吸いながら
言葉少なにインタビューにこたえ
節子夫人はその横でじっとバルテュスの言葉に
聞き入っているという風であった

ずっと昔
バルテュスと節子夫人の結婚して間もない頃の写真を

雑誌か何かでみたことがある
ずいぶん年が離れていそうだな
と　思ったのを覚えているが
実際のところはどうだったのだろう

その時の節子夫人と
今テレビの画面に映っている節子夫人とでは
ずいぶん印象が違っているが
それは
ただ年月を経たからというだけのものではない
今の節子夫人の
気品　静謐　凛々しさ　は
いったい何に拠るものなのだろうと考え
瞬時に私は
バルテュスが磨いた

バルテュスに磨かれた
と　そう思った

ただ年月を経ただけの男女関係は
重苦しく　悲しい

夕暮れの薄暗いアトリエで
自分の描いた絵にいつまでも見入っているバルテュス
思わず見蕩れてしまう男女の風景がそこにある

男が女を
男に女は

幽かに射し込む夕陽の中を
バルテュスの吸う煙草の煙だけが

ゆっくりと立ち昇ってゆく

あとがき

　これまでに出した七冊の詩集の中から選んだ作品を集め、このような一冊を出してみた。自分の書いたものを、ゆっくり読み返すという習慣を持たない私にとっては、何やら面映ゆい作業であったが、それは、自らの脈絡を探る、という作業にも通じており、終ってみれば、一種の爽快感のようなものが残った。

　二十年間詩を書き続け、もちろん、これからも書き続けてゆくわけであるが、常に、陰と陽、静と動、といった正反対のものが同居し、その中で四苦八苦してきた感がある。ここらで、そのあたりを突き抜け、ちょっと違うところへ行ってみたいと、そんな風に思っている。

　詩が、一人でも多くの人の心に滲みてゆけばいい、と詩を書く者の一人として、いつもそう念じているが、なかなか垣根は高い。その垣根を越えるためにも、少しはジタバタした方がよいのではないかと考え、この一冊と相成った。

文芸社の方々とは、本当に楽しい仕事をさせて頂き、感謝の念に堪えません。また、カバー写真を快く提供して下さった、武村有さんに御礼申し上げます。

ありがとうございました。

桐野かおる

二〇〇三年十月

著者プロフィール
桐野　かおる（きりの　かおる）
1953年、大阪に生まれる。
日本現代詩人会、関西詩人協会、潮流詩派の会に所属する。

桐野かおる詩集　1988−2002

2003年12月15日　初版第１刷発行

著　者　桐野　かおる
発行者　瓜谷　綱延
発行所　株式会社文芸社
〒160-0022　東京都新宿区新宿１−10−１
電話　03-5369-3060（編集）
03-5369-2299（販売）

印刷所　株式会社平河工業社

©Kaoru Kirino 2003 Printed in Japan
乱丁・落丁本はお取り替えいたします。
ISBN4-8355-6664-5 C0092